Clifford
Y EL DÍA DE HALLOWEEN

Cuento e ilustraciones de Norman Bridwell
Traducido por Teresa Mlawer

SCHOLASTIC INC.

New York Toronto London Auckland Sydney
Mexico City New Delhi Hong Kong

Para los amigos de verdad de la verdadera Emily Elizabeth:

Alison y Andrew
Melissa
Carolyn
Christian
Kate
y la Sra. Gallagher

Originally published in English as *Clifford's Halloween*.

ISBN 0-439-17451-1
Copyright © 1986, 1966 by Norman Bridwell.
Translation copyright © 2000 by Scholastic Inc.
All rights reserved. Published by Scholastic Inc.

SCHOLASTIC, MARIPOSA, CARTWHEEL BOOKS and associated logos are trademarks and/or registered trademarks of Scholastic Inc. CLIFFORD and CLIFFORD THE BIG RED DOG and associated logos are trademarks and/or registered trademarks of Norman Bridwell.

Library of Congress Cataloging-in-Publication Data

Bridwell, Norman
        [Clifford's Halloween. Spanish]
Clifford y el día de Halloween / cuento e ilustraciones de Norman Bridwell ; traducido por Teresa Mlawer.
        p. cm.
Summary: Clifford is an enormous red dog who dressed as a ghost last Halloween; what will his costume be this year?
ISBN 0-439-17451-1
[1. Dogs—Fiction. 2. Halloween—Fiction. 3. Spanish language materials.] I. Mlawer, Teresa. II. Title.

PZ73 .B665 2000
[E]—dc21   99-087629

10 9 8 7 6 5 4 3 2   00 01 02 03 04

Printed in the U.S.A.
First Scholastic Spanish printing, September 2000

Me llamo Emily Elizabeth.

Hoy es día de fiesta. Para mí es el mejor día del año.

Éste es mi perro Clifford.
Su día preferido también es hoy.

Cuando tienes un perro grande y colorado
como Clifford, todos los días son divertidos,
pero los días de fiesta son los mejores.

En Navidad Clifford es el Papá Noel perfecto, con
su magnífico abrigo rojo.

Y la víspera de Año Nuevo nos quedamos levantados hasta la medianoche para que Clifford pueda tocar con su corneta

¡Feliz Año Nuevo!

El Día de San Valentín

Clifford es, sin lugar a dudas, mi mejor amigo.

Y tendrías que verlo el Día de Pascua.

Clifford es un maravilloso conejo de Pascua.

El Día de los Santos Inocentes Clifford no le
toma el pelo a nadie...

…y tampoco se lo toman a él.

El Día de Acción de Gracias a Clifford le damos un pavo muy grande.

Pero hoy es la mejor fiesta de todas:

¡HALLOWEEN!

El año pasado celebramos una gran fiesta. Yo me disfracé de pirata, pero no se me ocurría cómo disfrazar a Clifford.

Papá pensaba que Clifford sería un diablo perfecto.

Yo quería que se
disfrazara de payaso

o quizás de bruja.

Pero Clifford quería ser…

...un fantasma.

Cuando mis amigos llegaron a la fiesta, ninguno pudo adivinar quién era el fantasma.

Nos divertimos mucho
tratando de atrapar
manzanas en el agua.

Clifford también quería jugar.

Luego hicimos un juego diferente.

Y Clifford ganó.

Mamá nos contó una historia de fantasmas,
pero no nos dio miedo…

pues el fantasma más grande de todos
nos protegía.

Después de la fiesta Clifford y yo fuimos
de casa en casa pidiendo caramelos.

No nos fue muy bien, pero
no nos importó.

Llegó la hora de irnos a dormir.

El día de Halloween había llegado a su fin.

Pero ahora es Halloween de nuevo.

No me voy a disfrazar de pirata esta vez.

Voy a ser una princesa hada.

Pero, ¿qué será Clifford?

¿Un indio?

¿Un caballero?

¿Qué sugieres tú?